Neue Bühne 30

ドイツ現代戯曲選 24
Neue Bühne

Der reizende Reigen nach dem Reigen des reizenden Herrn Arthur Schnitzler

Werner Schwab

Ronsosha

魅惑的なアルトゥール・シュニッツラー氏の劇作による魅惑的な輪舞

ヴェルナー・シュヴァープ

寺尾 格［訳］

ドイツ現代戯曲選30 Neue Bühne 24

論創社

Der reizende Reigen nach dem Reigen des reizenden Herrn Arthur Schnitzler
by Werner Schwab

This translation was sponsored by Goethe-Institut.

GOETHE-INSTITUT

「ドイツ現代戯曲選 30」の刊行はゲーテ・インスティトゥートの助成を受けています。

(photo ©Alamy/pps)

ieg. Lustspiel ¶ Igor Bauersima norway.today ¶ Fritz Kater zeit zu lieben zeit zu sterben ¶ Elfriede Jelinek Macht nichts ¶ Peter Handke Die Stunde da wir nichts voneinander wußten ¶ Einar
ke Die Alphabeten ¶ Franz Xaver Kroetz Der Drang ¶ John von Düffel Balkonszenen ¶ Heiner Müller Der Auftrag ¶ Herbert Achternbusch Der Stiefel und sein Socken ¶ Volker Braun Iphig
lberg-Variationen ¶ Dea Loher Tätowierung ¶ Thomas Bernhard Heldenplatz ¶ Elfriede Jelinek Raststätte oder Sie machens alle ¶ Rainer Werner Fassbinder Der Müll, die Stadt und der Tod

目次

Der reizende Reigen nach dem Reigen des reizenden Herrn Arthur Schnitzler

魅惑的なアルトゥール・シュニッツラー氏の劇作による魅惑的な輪舞

登場人物

男役はみな雄ネジ式の着脱可能な性器を持つ。
女役はみな雌ネジ式の交換可能な性器を持つ。

空間

空間が偏っているのは広範な収集を行う前提である。

言語

このような法外な言語は、ひとつの言語により、戒厳令下の即決裁判で銃殺刑を言い渡されて当然である。

一

娼婦とサラリーマン

ウィーンの場末。

娼婦　ねえ、そこのすてきで速そうな車のあなた、今夜、あなたのひとりぼっちの車体を私の身体で磨いて遊ばない？

サラリーマン　ぼくはすてきで速い車なんかじゃなくって、ウオッシャブルなサラリーマンだよ。ぼくの雇用関係は完璧だし、ぼくは若くて、スリムな上に、仕事で手一杯だから、性的おふざけに金を払う気なんてないよ。

娼婦　でも、きちんと雇われてるサラリーマンが女を悦びで満たしてくれるんなら、もちろんお金は払わなくていいのよ。女の注文に従うハンサムな人が、身を粉にしてくれるんですもの、逆にお金が手に入って当然よね。

サラリーマン　何だって、君の穴だらけのケツは、タダでいいってのか？

娼婦　すてきに気持ちよくさせてくれるってことは、世間並みの料金を払ってるのと同じだもの。快楽の女神は、エクスタシーからまっさかさまに墜落するような男からは負債をちゃんと取り立てますけどね。

サラリーマン　そうか、じゃあぼくもまさにピッタリだ。だって、ぼくはまだ結婚してないから、まだ自由に色んな経験ができる。それに若い上に、身体がガッシリしてるからな……

娼婦　さあ、あなたのストーリーは括約筋でしっかり閉じて漏らさないでおいて。快楽は絶対に過去は持たないんだから。

女は男に近づき、ズボンのファスナーを下ろしてフェラチオを始める。女は立ち上がり、男の作り物のペニスをしゃぶりながら離れる。男は最後に身体をがっくりと折り曲げるまで、ずっとかがみ続ける。女は再び男に近づき、男のモノをズボンの開いたファスナーの中に収める。男はうめき声をあげる。

娼婦　さあ、若いサラリーマンさん、あなたのネズミみたいにちっぽけなペニスを滋養たっぷりに慰めたお代は一〇〇〇シリング★1よ。

魅惑的なアルトゥール・シュニッツラー氏の劇作による魅惑的な輪舞

サラリーマン　なんだって、この強欲な雌ブタ、オレの全人生をタレ流させたあげくに、オレに犯した性犯罪の代金を請求しようってのか？

娼婦　（こぶしを天につきあげながら、声をあげる）神様、アンタは本当にサタンみたいに邪悪で真っ赤なおケツの持ち主だね。またアタシのヒールのつま先にちびペニスの誇大妄想男なんかをひりだしたりして。（サラリーマンに）このイカサマトンカチ、アタシが男ほしさにオマエのミミズをしゃぶるなんて、そんな金勘定抜きの芝居がまかりとおるってほんとに思ってるわけじゃないだろうね？　これは年季の入ったお芝居なんだ、このクサレブタ。アタシが売ってるみだらな妄想は、ちゃんとしたオアシをくれさえすれば全部タダにしてあげるっていうものじゃないの。どんなペニスも紙幣なんかと比べものにならないくらい素晴らしいって、口から出任せは言うさ。だけどコトが終わったら、たいていみんな自動的にお金を払ってくれるの。アンタはそんなヘボペニスを後生大事に思ってる、数少ない脳タリンのひとりってわけさ。

サラリーマン　（アゼンとして）最近じゃ嘘八百が大金を稼ぐ。嘘八百が人間という車を奈落につき落とす。嘘八百が永続的人間関係をダイナシにする。

娼婦　さあ、早く一〇〇〇シリング出して、その分ズボンを軽くしなよ。そうすりゃここから退散できるよ。

サラリーマン　（女に襲い掛かり、首を締める）みだらな娼婦の肉のために、健全な人間がローンを払うのか、ええ？　人間のくずみたいな奴らを支えろってのか、ええ？　肉製の便器に金をつぎこめっていうのか、ええ？　オマエの穴を金縁にする金を払うぐらいなら、アフリカへ義捐金を送るか、教会の人道援助基金と仲良くしたほうがずっとマシだ。

男は女を地面に押し倒して去る。

娼婦　（あえぎながら）抹香臭い変態野郎、黒ん坊食い。オマエのクサレチンポは、さぞ結構な話をすることだろうよ……白雪姫にでてくる最後に鼻カケになった小人についてとか……

二　サラリーマンと美容師

美容サロン。カーニヴァルの火曜日。★2

美容師　よりによってカーニヴァルの火曜日に、本格的に散髪してもらおうだなんて、あなたかなり変わってるかも。（笑う）

サラリーマン　カーニヴァルはみんなを派手な色に染め上げて、一時的に陽気にさせるけど、水曜に人生に灰がまかれると、易々と真面目な色に染め戻してしまうからね。

美容師　あなたって本当にインテリ風のヘアースタイルしてるけど、今日はその上、こんなにおしゃべりでもあるのね。いままではあなた、私が髪を刈ってるときは、親しげな言葉のやり取りをずっと避けていたのに。

サラリーマン　でもね、ぼくの内なるまなざしは、ずっと前からあなたに的をしぼっていたのさ。いいかい、ぼくは正確に探し出すことのできる探索者だから、ぼくに見つめられた人間は頭の中身をさらけ出さずにはいない。充分に時間をかけて観察していると、観察者の所有物になってしまうものがあるんだ。

美容師 あら、カーニヴァルの火曜日に、ずいぶん面白そうな不安を味わわせてくださるのね。

サラリーマン すべては計画済みなんだ。思考はすべてを織り込んである。観察者の計画はいつも適確だ。卑猥な観察を計画してる。お嬢さん、ぼくらはもっと親しくお互いを知らなくちゃいけない。だってそう計画が定めているから。そのうちぼくのカット代もタダになるはずだしね。

美容師 あなたのマジさ加減はおかしすぎるわ。カーニヴァルの火曜日にはたしかに色んなものがタダになるわ。でも灰の水曜日をおおげさに前倒しする必要なんかないの。（激しくカットする）

サラリーマン おおげさなのはカーニヴァルの火曜日だけだよ、お嬢さん。死神がそこいらじゅうをうろついてる。だからあんまり羽目を外して遊びすぎると、みじめな死を迎えることになりかねない。死神のユーモアなんて本物じゃない。ただの見せかけだ。だから唯一の救いは、人間はみな家族と考えて、そして終わりなき永遠にわたって人間を殖やし、人間を養えと、そう考えることなんだ。

美容師　そういう考えって、カーニヴァルのお愉しみには、ズッシリ重すぎないかしら？　いずれは何も選ばなくたってよくなるはずよ、一生を考えて今を狭めるのって、バカみたいだわ。

サラリーマン　偉大な計画を打ち出すのは道化帽をかぶった鍛冶屋に決まってる。これは考えとしてみたら、新発明にも匹敵するんだ。ぼくのことを誇りに思ってくれてもいいんじゃないかなあ。

美容師　あなたを……誇りに？　でもあなたと私は全然無関係じゃない。

サラリーマン　だけどあなたはぼくの欠けるところなき人間性の一部だ。あなたがぼくに愛情を抱いていると知るまでには、ひょっとしてもう少し時間がかかるかもしれないがね。

美容師　（怒って）今日のあなたはどこまで大風呂敷を広げるつもり？　あなたはふだんはいい人なのに……今はこのエレガントなヘアーに似つかわしい振る舞いから相当外れちゃってるわ。

サラリーマン　今日の君はやけに臆病だな。ふだんの君は楽しく陽気な女性だって、ぼくは君が髪をカットしている間、ずっと観察してたんだ。

美容師　でもどうして考えてることを口に出しちゃうの？　いきなり延々とお説教を始めるな

んて、いったい何のつもり？　アタシだっていっぱしの人間なのよ。

サラリーマン　それはわかってる。でも君こそ一体、このぼくと結婚するほかに何がしたいんだ……このままだと、山の中の亀みたいにノタレ死ヌだけだぞ。

美容師　でもアタシはあなたって人を、全く知らないのよ。

サラリーマン　君はほかの男なんて知る必要はない、ぼくが面倒みてあげるから。それに愛とは規則的な持続性の中でこそ、はぐくまれる。君は何にでも慣れるさ。死神でさえぼくらを結びつけずにはいないだろう。

美容師　アタシはイヤ……絶対にイヤですから……

サラリーマン　今は安らぎと、内なる喜びを求める時だよ。ほら、ぼくのシンボルだ……

男はズボンの中に手を入れ、小さな作り物のペニスを取り出し、それをおごそかに女に渡す。女はそれをジッと見つめると、笑いの発作に襲われ、男に戻す。男はあわててしまいこむ。

美容師　こんなみすぼらしいカーニヴァルの冗談を、このアタシに一生押しつけようって魂胆だったの？　塔のない滑稽なチャペルさん。

サラリーマン　こうなるとは全然……全然……想定外だった。しかしまあセックスなんていう全面戦争はすべて下劣なものさ。それに、セックスなんて、人生を軍隊にみたてれば、将軍じゃなくって、せいぜい小隊長がいいとこだ。

美容師　（再び男の髪の毛をいじり始める）それほど大口が叩けるアンタなら、ズボンの中にも大きくてご立派な紳士が必要ね。

ハサミで風船を刺し、風船が破裂する。

サラリーマン　ぼくが謝罪と服従を求めるのはもっと後になってからだ。そろそろぼくを理解して受け入れてくれてもいいじゃないか、お嬢さん。人生を二人っきりの心地良さで包んでやれば、完全に円やかになる。ぼくはきみの下半身との合体なんかをねらっちゃいなかった。でも将来の家族を本物のエロスで立ち上げなければ、生涯の結婚なんて続くわけがない。すまないけれども、お嬢さん？　何か一言くらい言ってくれなきゃ……

美容師　（男の髪に激しく櫛をかける）

あなたの仕事って、良い実入りになるの？

サラリーマン ぼくの仕事はたっぷり金をにぎらせてくれる。金はあってもぼくは寂しい。だって金なんて、健康な若い女性と一緒の未来は生み出せないからね。

美容師 そうねえ、カーニヴァルの火曜日が、ひょうたんから駒みたいな物語を生まないともかぎらないわ。

サラリーマン お嬢さん、本当？　ぼく自身の未来の喜びである、そういう伴侶になってくれるかい？

美容師 すばらしい未来を考えてみたければ、それについても、もちろんよく考えなきゃいけないわ。

サラリーマン 考えてよ、お嬢さん、ありうべき幸福についてたっぷり考えてよ。いいわって言ってくれ。ぼくはぼくの全人間性をこめて、あなたに祝福してもらうことを願ってる。

美容師 神様のおぼしめしでもあるのなら……じゃあ、ちょうだいな。

サラリーマン ありがとう、ありがとう、君がこの結びつきを後悔することはありえないよ。

男はズボンのチャックから作り物のペニスを取り出して、女に渡す。女は仕事着をたくしあげて、それを中に差し込む。男は椅子の中でもだえ、女はうめきながら男の髪の毛を仕上げる。

美容師 さあ、カットは終わったわ。（男にペニスを返す）今日は整髪料はタダでいいわ。もうすぐ人間の髪なんかとはお別れして、結婚するんですもの。

男に丁寧にブラシをかける。

サラリーマン （鏡の前に立ち、満足そうに見る）すばらしい、お嬢さん、今回もあなたの能力を大幅に上回る仕事をしてくれたね。（立ち去ろうと向きを変える）さて、じゃあ明日か、それとも来週のほうが良いかな。アデュー。

美容師 （啞然として）あ……明日……さ……さようなら。

三

美容師と家主

ニューリッチ風の家具の目立つ家主の家のリビングルーム。美容師がくつろいで座って化粧を直している。家主は隣の部屋でまだゴソゴソしている。

家主　（隣の部屋から）もうそちらへ伺います。すぐ行きますから。

美容師　（大きく）はーい。

男が現れ、女は立ち上がろうとする。

家主　そのまま、気を使わずに座っていてください。私が新しい家主です。もちろんこれにはいろいろと事情があります。私が老いた父の後を受けて新しく家主になりました。ご存知のように、父はこの前の日曜日に最後の火花を使い果たして、私に家の管理をすべて委ねたのです。

美容師　とてもご親切な方ですこと、部屋を借りているみんなとお知りあいになりたいだなんて……家主さんですのに。

家主　私はもちろん哲学の領域の出でしてね、お嬢さん。絶えざる尽きることなき哲学の軍拡競争から……今では父が用意しておいた何軒もの家という鞭の下におかれることになりました。何軒もの家とそこに居住する人々の。

美容師　わかりますわ。家ってどれもこれも、神経をすり減らしもし、神経を安らげもします。人間の住居は、人間の協力者としてみると、ずいぶん不器用な存在ですもの。

家主　ほおう、お嬢さんの脳髄の魂の中にも、哲学的衝動が潜んでいるとみえる。

美容師　ええ、まあ、美容師っていうのは、百パーセント人間の頭を相手にする仕事ですから。人間の頭の皮には、生まれながらの生の情報が書き込まれていることが多いんです。

家主　あなたが私の哲学脳の小部屋に書き込んだ内容は、きわめて興味深いものです、お嬢さん。いずれあなたが私のリビングをちょくちょく占有してくださるとありがたい。

男は女の隣に座り、女はちょっと脇にずれる。

美容師　どうしました、私たちのおしゃべりの外へ出ていきたいのですか？　あなたの家主から遥か遠く隔たったところでご自分を貫徹したいと、そうお思いなのですか？　私のアウラが及ぶところでは、嫌悪の発作が起きるんですか？

そんな、もちろん違います。いわば前もって味わう恍惚感のようなものと言うべきかしら。私たちの家に若い家付きの哲学者さんが存在するだなんて、……あら、御免あそばせ……あなたはとても悲しんでおられるというのに……お父様をお亡くしになってるんですもの。こんなに舌が軽くて恥ずかしいわ……

家主　お手柔らかに願います、そこまで敬虔だと保守的にすぎます。人生はある時点から冥界の言葉をあやつりはじめ、語り終えてしまった人間を、白くて陽気なうじ虫で満たすのです。

しかも親父は、私の時代精神には全く理解を示そうとしませんでした。私の時代精神は、生まれついたときから実人生を気の利いた哲学に置き換えようとしていたんですがね。

いつだって拝金主義だ、ねえお嬢さん、アパートは管理で手いっぱいで、借主は家賃で手いっぱいだ。

美容師 家主さん、あなたが家のせいでご自分の人生を充分に楽しめないのは、とても悲しいことですね。

家主 あなたは実にすばらしく単純だ、お嬢さん、そして実に単純に美しい。私の頭皮から人生をもっと正確に読み取りたくありませんか？

女は男の後ろに行き、男の頭をいじる。

頭皮を読むということについて私は文盲同然です。読まれるのをプロレタリアのように楽しみことしかできない……あああ……

男は後ろに手を伸ばして、女の脚の間を探る。

美容師 でも、そ……そこは頭皮じゃないでしょ……

家主 でも、ここにも毛があるし……それに指のスポーツに使える山だってある……

女はうめく。

美容師　若い家主と若い女の間借り人なんだから、すり減らされていない人間の青春の可能性にふさわしい家賃を見つけなければならないんじゃないかな。

家主　でも……でもそれなら、よほど注意して、何か月並みじゃない、本当に息もつけないような何かにしないと、せっかくの愛の家賃もだいなしになってしまうわ。

そお、哲学的な理論通りにやらないといけない。そうすれば咀嚼ずみの愛の法則の絵本どおりの結果になる。た……確かに、息がつけないくらいでないと。

男は部屋の外へ行き、水の入ったタライを持ってくる。男は女をつかみ、女の頭をタライの中に入れ、自分のズボンから作り物のペニスを取り出し、それを女のスカートの中に入れる。女は水でノドをガラガラ言わせ、男は女から離れる。激しく息をはずませながら二人はそこに立つ。

かなり息が苦しかったんじゃないか？　全然簡単じゃなかった。少なくとも今、君は息詰まる経験に引き込まれたって、そう言うことができる。

男は女に近づき、手を出す。女はスカートの下から作り物のペニスを取り出し、男に返す。男はそれを自分のズボンの前開きの中にしまい込む。

さあ、私は仕事をしなければ。一生続くメモ書きと家の管理の仕事に戻らなければならない。君も、もう行かなければいけない、でも君はまたぼくの可能性に立ち寄ることができるし、君の家賃の半分と諸経費は払わなくても良いよ。

美容師　でも……でも、よくわからないけど、私……じゃあ、それなら次の時は、タライの水はなしよ。

四

家主と若妻

再び家主の居間。男は本棚から本を何冊も取り出し、開いたままの本をそこいらじゅうに置く。それからハウスバーのカウンターに行き、グラスにシュナップスをたっぷり注ぐ。それを飲み、別の棚に行って、口臭スプレイを取り、口の中に噴射する。男は再び座ろうとするが、ふと立ち止まり、ズボンを開いて匂いを嗅ぐ。彼はオエッとなって、ズボンを開いたまま、棚まで駆けつけ、デオドラント・スプレイを取り出し、自分に向けて思い切り噴射する。スプレイを棚に戻してから、くつろいで寝そべっているとチャイムが鳴る。彼は大急ぎで部屋を出て、若い人妻と一緒に戻ってくる。

家主 あなたが私の家へ来てくれて、まったくボーッとしてます。いまこうして来てくれた。いまついに私を捕まえてくれた。何もかもが驚きです。

若妻　そもそも人の邪魔をしてはいけないんです、さもないと相手も自分も破壊してしまいかねません。あなただって私の中で観念の足を滑らせるかもしれないし、そしたら私、あなたのプライヴェートな考えをすべて滅ぼすことになってしまいます。一番いいのは、私が無垢の自然から立ち去るように、あなたから離れることだと思います。

家主　お願いです、私の上を歩き回ってください、私を耕し、私という畑で作物を育ててください。いいですか、私の頭脳、私のこの使い古しの頭脳は根本的にはあなたの頭脳です。私の君のものである頭脳は怒っていて、君に私を説明し、私に君のものである私の人生について物語る。

若妻　あなたって、家主にしてはほんとにセンチメンタルなお方なのね。

家主　どうか分かっていただきたいのですが、家主というのは私に強いられた第二の人生であって、それにいかなるシンパシーも感じていないのです。職業としては、私は思想家たるべく運命づけられています。ここにあるこの蔵書をごらんになってください……

若妻　それであなたは、私の訪問を受け入れてもよかったとおっしゃりたいのね。でも、そろそろおいとましなければなりません。そうでないと、夫がおそらく、神経過敏をあの人の結婚生活の中へ持ち込むことになりますから。

家主　あなたへ私がいだく高貴な欲望に、そんなひどい仕打ちはなさらないでください。わかってるでしょう、ぼくにとって君がどれほどの意味を孕んでいるか。ぼくの魂の小屋には、本当の人間は住んでいないんだ。

若妻　私のこれまでの男性経験からして、あなたの言葉は信用しかねますわ。例えば男の人って、とても平静だって言っておきながら、口角に泡をためていたりします。男の人ってみんな、嘘の中に住むのを好むものでしょう。

家主　それなら私は男世界の明らかな例外です。それに、嘘に対する世界大戦ではいつも愛が勝ちを収めるのです。

男は女に近づき、キスをし、身をかがめ、スカートをめくりあげる。

クソッ。

若妻　え？　どうしたの？

家主　ガーターなしじゃダメだ。

若妻　それなら、つけるわ。ハンドバックに持ってるもの。

家主　もう遅すぎる。ガーターは身体の一部みたいに見えてなきゃダメなんだ。でも……でも、どうしてそんなもの、ハンドバックに持ち歩いてるんだ？

若妻　それは、えー……だって……だって殿方の中には……知り合いにも……友達にも……あなたみたいな……ガーター・フェチがいるんですもの。

家主　なんてみごとに裏切ってくれるんだ……

若妻　でも、じゃあ、あなた相手にどうすればいいの。ガーターがなきゃ、その気になれないんでしょ。

家主　君は自分のものすごい高貴さにいやけがさして、それで結婚したんだって、そう思い込んでいたんだ、君はキリマンジャロの雪みたいに純粋だって。

若妻　私が結婚してるのは、実際的な理由からでもあるのよ、埋め合わせの機会も増えるし。

家主　真相をあばかずにいられなかったことに、まったくガーンとなっちまう。

若妻　かわいいお馬鹿さんね。

家主　高山の真っ白な雪みたいにオツにすましたレディじゃなかったんだ。（男は女を抱く）おいで、君のお上品な頭脳の中には、ガーターがぎっしりつまってるんだろ。

若妻　そうよ、あなただって、強固な現実の中では、本の虫じゃあないでしょ。あなたの本があなたと無縁なのは、結婚への全面的覚悟が私と無縁なのと同じよ。さあ、楽しみましょうよ、本の知恵を欠いた蛆虫さん。

男は作り物のペニスを取り出し、それを女のスカートの下に入れる。

家主　あああ……何ていいんだ、豚のように卑猥で……

若妻　ええ……豚って生命を象徴する人間の友なのよ。

彼女は彼にペニスを戻す。彼はグッタリと座る。

家主　さて、どうだい、ぼくの男を思い知っただろう。新しい関係の道が拓かれた。毎日が楽しさ一杯の出来事に変わるんだ。

若妻　悪くなかったわ、グロースグロックナー山クラスだったといってもいいくらいよ。身体の一部みたいにしっくりするガーターがあれば、次はヒマラヤ・クラスになるかもね。私たちが使わなきゃならないと思ってるものには、なんでもみな長い歴史があるのよ。幸い、ちゃんと使えるものなんて実際、何もないんだけど。

家主 そう、途方に暮れるくらいがいいって、いつも言ってるんだ、負けるのを愉しんでた方がいいって、いつもそればっかり言うんだけどね。

若妻 私もよ。わたしもそう。そうでないと卑屈な音楽みたいになっちゃうもの……ひどい作曲家の。

家主 牛や豚の屠殺場みたいな辻褄の合わないものをぼくらは愛しているんだ。そもそもぼくたちは互いを魅惑するような仕方で殺しあうのがいいんじゃないか。

若妻 すべての結果は疲労でしょうね。でも死刑執行人はどこにいるの？

家主 生きてるうちは、なにもかも不可能なのさ。

若妻 そうね、そう。それにしても今は手遅れで憂鬱って感じ。私にもわからないわ、どうしていつもセックスって、こんなにひどく気分を侵食するのかしら。

家主 ああ、死というのは、セックスの後のデザートみたいなテーマなのさ。前菜の時はまだ半分生きているけど、食後は半分死んでる。

若妻 今晩あのヘボ詩人の朗読へ行く？

家主 もちろん、彼はもうノーベル賞候補に挙がったよ。

若妻 それじゃ、あそこでは、お互い知らんぷりしましょう。それって、とってもワクワクするわ。じゃあね……（女は去る）

家主 じゃあな、バイバイ……なかなか哲学的な不倫だったなあ。

五　若妻と夫

寝室。ビロードや毛皮をたくさん使ったフランス風のベッド。若妻がベッドに横になり、何か読んでいる。寝巻き姿の夫が入ってくる。

夫　文学書なんかナイトテーブルに置いとけよ。君さえよければ、今日はエサの与えっこをしようよ。

若妻　何ですって、今日はお仕事の手紙、もう片付けたの？

夫　ぼくを本物の現実生活に連れ戻してくれたのは、仕事の背後にひそんでるプライヴェートなあこがれなんだ。結婚とは二つの心の関わる状態だけれど、時にはその二元論を何回もこじあけなければいけない。

若妻　ふーん。

夫　そうなんだ、今日はぼくの結婚の内部で全てが互いにもたれあってる。

若妻　本当に？

夫　ああ、花のプランターが飛んでいっちゃったもんだから、ドクロの頭が互いを舐めあって、甘い蜜と化して、野生の花の群れ咲く野原で熱く燃え尽きるのさ。

男は寝巻きを脱ぐ。

若妻　でもあなたが野原に出たがるなんて珍しいわね。いつもならたいてい、愛しあうときも花のプランターの後ろにうずくまってるのに。

夫　それこそ、長距離走の結婚には絶対に必要なことなんだ。つまり結婚っていうのは、上部関係がうまくいくためには、たくさんの下部関係から構成されていなければならないのさ。

若妻　それって、私の結婚関係理解にとっては高尚すぎる理論だわ。

夫　ああ……いいかい、結婚とは、人生の真剣事だ。人生と同様、結婚にも始まりがある。しかし始まりが新しさを約束するなら、そこにはまた動脈硬化をもたらす老いた野獣のような終わりも待ち構えている。大いなる始まりには、初心者にはとても耐えきれないような、大きすぎる終わりがつきものだ。だから、大いなる結婚はたくさんの小さくてまじめな始まりと終わりに小分けされるように噴射しなければならない。それが大いなる恋愛結婚の中で起こる、たくさんの小さな浮気ということになる。それゆえ、結婚している人間は、すべての終わりとすべての始まりの間の時間を有効に管理する内向きの仕事をこなさなくてはならない。そして今また、内的管理の仕事にリフレッシュ休暇を与えるべき時がきたんだ。

若妻 はあん、結婚生活っていうのは、そういうふうに理解すべきなのね。

夫 そう。人生というのは、男が結婚という大いなる経験を始める以上、実行して、引き受けて、評価しなきゃならない、そういう経験の連鎖反応なのさ。良家のお嬢さんは、経験豊かな夫が歩み寄ったときに家を出て、人生の伴侶となる夫の経験管理に身を委ねるんだよ。

男は女の寝ているベッドの中に入る。

さあ、君のかわいい頭をぼくの男に近づけて。（女は言われたとおりにする）

若妻　経験、経験って言うけど、いったい何を指して言ってるの？

夫　男の人生ってのは、まだ男的なものが若いうちに、女の人生を知り尽くすことを学ばなければならない。

若妻　要するにあなたが言ってるのは、若々しい長いものを喜んで迎え入れてくれる女のところへ行って、発射を試みるってことなのね。

夫　（怒って）バカバカしい、ああいう女たちは全然きちんとしたレディなんかじゃないぞ。あんな連中は、道徳をあざ笑う猿顔で、せいぜい持ってるものと言ったら、ええと……その……

若妻　びしょびしょの穴とぴんと立った乳首だわよね。

夫　け……けれど、どうして君は女なのに、女である自分について……女たちについて、そんな言い方をするんだ。

若妻　女の穴についてでしょ。

夫　（彼女に平手打ちをくらわす）こうされても仕方のないことを言ったのは君だからな。君という人間のほんとに暗いみだらさが表に出てたぞ。

若妻　でもそれが、女の皮膚の裏に生まれながらに備わっているとしたら？

夫　けれど、そんな卑わいなあてこすりは、もういいかげんにやめてくれ。そんなに悪ぶらなくてもいいじゃないか。

若妻　ひょっとして完全な人間って、他人から誤って見られざるをえないのかもしれないわ。だってだれしも世界中どこでだって、自分が誤って見られるのを避けられないから、人のことも誤って見ざるをえない人たちから誤って見られてるからなのよ。

夫　き……君は今日、ぼくの結婚からずいぶん遠く離れたところにいるね……まるで……まるで健康な人間からずっと遠く離れてる悪性腫瘍みたいだ。

若妻　きっと、そういう悪性腫瘍って故郷がたった一つしかないのよ、つまり完全な人間よ。人間は悪性腫瘍にとっての独居房なの。で、悪性腫瘍は時々人間の中で脱獄するけど、人間の国から外へは出られない。刑務所から脱獄しても、逃げられない人は、ものすごい勢いで脱獄するからで、最後には腐ってしまうしかないのよ。

夫　心の中が真っ暗で悲しくなっちゃったよ、だって君の暗闇の中にいる君が、もう見分けられなくなってしまったんだ。（ふてくされる）

若妻　しっかりしてよ、おしっこをチビッた子供みたいにしてないで。

夫　（激昂して）オレが何だって？

若妻　あなたは何でもないわ。さあ、来て、ちょっと優しくして、私のかわいいクソッタレさん。

女は男を引き寄せる。

夫　でも……でも……君はなんてステキなんだ、そうやって……そうやってちょっとイジワルにしてると。

若妻　そうでしょ、さあ、ちょうだいな。

夫　ああ、うん、もちろんだ。ほら。

男は自分のペニスをベッドカヴァーの中で取り出し、女はそれをベッドカヴァーの中で受け取る。二人は並んで寝て、身をくねらせる。最後に女は作り物のペニスを戻し、男は再びそれをしまい込む。

ねえ、今ぼくが何を考えているか、わかる?

若妻 いいえ、だって私は何も考えていないもの。

夫 じゃあ、ベニスでのぼくらの結婚式を一緒に思い出してよ。

若妻 私たちが結婚式をも祝ったベニスをって言いたいのね。

夫 そう……そう言ってもいい。

若妻 あなた、大運河《カナーレ・グランデ》にボチャンと落ちたわ……

夫 ああ、それもあるけど、それじゃなくて……

若妻 それとも、具合が悪くなったあなたが、いつもウィーン風カツレツしか食べてないのに、魚にあたったって思い込んだことかしら。

夫 君は、また下層の連中みたいに下品になってきた。

若妻 わかったわ、ようやく私たちのハネムーンのあの素敵なホテルを思い出したところよ。

夫 そうか……それならいいよ。

若妻 もういいわね。お休みなさい。

夫 お休み。(明かりを消す)

六　夫と秘書

レストランの奥の部屋。夫がシガーをふかし、秘書がケーキを食べている。

夫　いいかね、私が毎日自分に課している指示とはこうだ。人間は通りへ出ていかなければならない、ただし足で先へ出て行くのであり、タイヤでではない。というのも足が動くと血の巡りが良くなり、停滞する考えに血が通い、動き始め、考えずみの考えが出来上がるからだ。だから私の考えは、ノスリのように私の仕事に仕掛けられたネズミの罠の上を旋回して、次のような事実を確認する。あの下方の私の事務所には、全てを取りしきり、コーヒーまで入れてくれる、ネズミのようにすばしこく、小さくて善良な精神である、有能で小柄な秘書が欠けている。そしてそれから私の考えが私と連れだって、ブラブラと職業斡旋所の前を通りがかると、そこで悲しげで小柄な娘さんにぶつかる。娘さんは秘書にならなければならないのに、仕事がないのだ。こうやって突然、私の思考ノスリは仕事ネズミを手に入れ、ネズミもレッキとしたノスリを手に入れたのだ。これがすばらしいことでないとしたら……

秘書　(口いっぱいにほおばりながら) ほんとに最高だわ (ケーキ屑を口から散らばせる) あら、御免なさい……

夫　構わんよ。さあ飲んで。少し液状化するといい。栄養は液状化した方が、潤滑しやすくなるんだ。

男は彼女の手にワイングラスを渡す。女がグラスを空けようとすると、男が手で助けるので、女はグラスを飲み干さなければならない。女はむせる。男は即座にグラスを満たす。

あなたが私の事務所で働くようになり、失業が就業に変わったとして、あなたの失業はそれを喜ぶでしょうかね？

秘書　それはもう、当然です、もちろん、あたり前ですわ。

夫　それなら失業根絶者は、キスのお礼をうけてもいいのでは？

男は立ち上がり、女の後ろに行く。

秘書　ええ、何というかまあ、でも……

夫　ええまあでも、なんていう手間は抜きにしよう。あなたの行為への衝動ははけ口としての日々の行為を見出したが、行為の証人である上司は、その行為者がいかなる存在かを把握していなくてはならない、例えば、その唇がどんなものか……上の唇と下の唇が。

秘書　下の唇って？

夫　いやいや、何でもない……ともかく、キスをしない唇に何の意味がある？

女は頭を上げて、唇を開く。男は女にむさぼるようなキスをする。キスの後、女は隠れて唇をぬぐう。

ああ、良かったよ。ところで君、彼氏はいるの？

秘書　ええ、でも失った彼なんです。どっちみち最近の私って、遺失物公示期間中みたいなものなんです。ごめんなさいね、個人で安寧秩序をかき乱し、上司のあなたをわずらわせるつもりはありません。

夫　（彼女の肩をもみながら）ねえ、飼い主のいない小ウサギちゃん、ぼくのことは、あなたでなくて、親しげにアンタって呼んでくれたまえ。

秘書　あなたは私が抱えている奈落のことをご親切に気遣ってくださるのね、だって私、あんなにすぐにあなたの舌を私の口腔の中に受け入れたんですもの。でもあれはすべて、あなたと彼とがあんまりよく似ているもんで、うろたえてしまったせいなんです。

夫　アンタだろ、お馬鹿さんだな。アンタって言うんだったろ。

秘書　アンタと私ね。いいわ、これもビジネスの関係だもの。

夫　ビジネス上の親密な関係さ。さあ、飲んで。そうすれば君の気分が高揚して、ぼくの言ってることが分かるはずだ。

秘書　（飲む）ワインって不思議なのよね。ワインの中には、私を犯罪者みたいにする何かが入っているの。

夫　君の体内のワインをワインたらしめよ。ワインは君との間に黄金のごとく正しい関係を生んでくれるんだ。

男は再びむさぼるようにキスをする。

秘書　わ……私、おトイレに行かなくちゃ。（トイレに駆け込む）

夫　（両手を満足げにこすり合わせながら、トイレのドアにすり寄り、静かにノックする）もしもーし、ほんのちょっと開けておくれ……ちょっとだけ。（ドアは動かない）おい、開けろったら。（ドアがほんの少し開く）そおおだ、これをあげよう。

男はズボンから作りもののペニスを取り出し、トイレの中の女に渡す。ドアが再び閉まる。女は中でうめき声をあげる。男はトイレのドアの前で、まるで腹が痛いようにもだえる。突然静かになる。トイレのドアが少しだけ開き、ペニスが戻されて、また閉まる。男はそれをズボンに戻し、あえぎながらテーブルによろよろと戻り、ハンカチで汗をぬぐう。やがて女が、半分ほど元気を回復して戻ってきて、座り、ワインをグビッとあおる。

もう……もういいだろう、そうでないと全部、飲酒税[3]に持っていかれちゃう。（女はあきれて、男を見つめる）それに地平線が、そろそろお別れの時だって告げている。

秘書 アンタ、私をもう何にもない故郷に帰らせようっていうの？

夫 明日は早く昼間の光に出なくちゃならない、明るいうちにグラーツ[4]に行く。グラーツにはよく行くんだ。もともとグラーツの出だしね。いつもウィーンにいるわけじゃない。オフィスはウィーンだから、時々はウィーンにいる必要があるってわけだ。

秘書 アンタって、女の人と結婚してるわよね。

夫 ああ、ああ、女じゃなきゃ、他に誰とだ？　今頃になって道徳が見つかったんで、そいつがアンタをおじけづかせるのか？

秘書 ただそう思っただけよ。だってウィーンでチャラチャラしてるグラーツの人って、みんな結婚してるんだもの。

夫 どうやら、後ろめたく思ってるんだろ、なにしろ真面目な夫を、セックスのゴタゴタに引きずり込んだんだもんな。

秘書　あらそんな、アンタの奥さんだってきっと、ありとあらゆる男たちとの愛の可能性で、同じようなゴタゴタを起こしてるに決まってるわ。

夫　（飛び上がって）お前の餓えた愛は何という錯乱を口走るんだ？　妻は、魂の無垢から、実際一歩だって踏み出したことがないのだ。妻は女経営者なんだぞ、私が社長になったんだからな。それに引き替え、お前なんかはまだ未来の秘書候補にすぎないじゃないか。

秘書　私の謝罪を受け入れてくださいな。私は、ちゃんとした組織の秘書になりたいだけなの。（しゃくりあげる）

夫　わかった、わかった。ちっぽけな子ウサギちゃん、もうおたがい常軌を逸した精神錯乱はやめよう。（女の髪をなでる）

秘書　機嫌を直してくださいね。

夫　君たち女ってのは、良心の安らぎを知らない、厄介な存在なんだよなあ。

男は再び女をなでながら、女の手を取って自分のズボンの前あきに持ってくる。女はそこを軽く押す。男は心地よさげに喉を鳴らした後で、急に、女の手をどける。

これからはまじめなドラマに移ろう。明日、君はぼくの事務所で仕事を始める。そしたら適当な時間をおいて、ぼくらは何度だってプライヴェートにしっぽりできるってわけだ。

秘書 それって全部、マジに本当？

夫 ああ本当だ、ただし何事も目立っちゃいけない。それにぼくはしょっちゅうグラーツに行ってるけどね。

秘書 そんなにしょっちゅう行くんですもの、グラーツって、すごく魅力的な町なんでしょうね。

夫 ああ、グラーツは、言ってみれば唯一、神経衰弱と無縁な神経組織なのさ。グラーツには気違いはいないし、誇大妄想狂もいない、人間以下のやつもいないし、人間以上の不愉快なやつもいない。ぼくがしょっちゅうグラーツにいるのは、グラーツが、結果としてぼくみたいな人間ができあがるように、そういうぐあいに作られている土地だからだ。

秘書　そのうち、グラーツについての何かいい本を読まなきゃ。

夫　さあ、グラーツ流の挨拶で別れよう。「はらわた万歳。」次のお祭りにはちゃんとしたベッドを用意しておくよ。ウェイター、勘定を頼む。

七

秘書と詩人

詩人の部屋。二人が入ってくる。

詩人 まだ残っている自然の中を散歩するのって、魔法の世界に足を踏み入れたみたいに魅惑的だったんじゃないか、可愛い君？（彼女にキスをする）フム、君はなんていい匂いなんだ、まるで掘り返したばかりの華麗な土の匂いのようだ。

秘書 あら……私、カレイみたいに魚の匂いなんてしないわ。

詩人 （笑う）魚のカレイのことを言ってるんじゃないよ。おいで、ソファに寝そべってごらん、素敵な魚の切り身さん。

秘書 でも私、全然、疲れてぐったりなんかしてないもの。

詩人 いいや、君は疲れているのさ。ゆったり寝そべれば、元気になるよ。

秘書 （ソファにもたれかかる）眠くなんかないけど、欲しくなってきちゃったわ。

詩人　（大いに驚く）一体何が？

秘書　食べるものよ。

詩人　ノドが渇いてるって言ったほうが君にふさわしいよ。食事は外でしよう。でもビールなら、冷蔵庫で君をお待ちかねだよ。

秘書　あら、詩人って、しようがないわね。詩人の手にかかると、瓶ビールもわくわくする物に変わってしまうんだわ。

詩人　詩はどんな物にも品格を備えさせ、不滅にするのさ、例えそれがゴミとして捨てられる運命にあろうともね。物は消えても、魂はそれを目には見えない形で空想するのさ。

秘書　でも私、やっぱりお腹が空いてるわ。

男は部屋を出て、栓を抜いたビールを持って戻ってくる。

詩人　さあ、乾杯だ、ぼくの愛する避けがたい穴。

（女は抵抗することなく飲む）さあ、背中を下にして横になり、死の手にゆだねられた亀のごとく君の姿を輝かせるのだ。ぼくは自作の美しい詩で、君に安らぎを贈ろう。

ぼくの指の描く詩的な影法師に触れられて、君の両手は悲しみを忘れ、血行をとりもどすんだ。

秘書 そうね、詩って、もうひとつの巧妙なトリックかも。

詩人 詩のタイトルは「故郷」だ。

故郷

コケモモの包囲攻撃で落命した私がそこに倒れている
ブラックベリーのやぶにも刺されているだろう
カタツムリがネバネバを引きながら歩いている
私は家に帰りたかったのに

オオカミに見つめられて、私はそこに倒れている
アリたちが私のからだをはい回り
モグラは土の中をモゾモゾ掘っている
私は家に帰りたかったのに

針葉樹にいじめられて、私はそこに倒れている
キノコは毒をフツフツたぎらせ
私は野ブタのような悪臭を振りまいている
私は家に帰りたかったのに

男は意味深げに黙り込む。

秘書 何でそんなに不機嫌そうに、またたく光で詩を照明しなきゃいけないの。だいいちアンタは家にいるじゃない。

詩人 あああ、君ってのは、神々の餌食にしたいくらいのバカだなあ、あつかましく小声でささやく砂糖まぶしのパンみたいに愚かな小山羊ちゃん……

秘書 私は痴愚の女神の双子の妹なんかじゃありませんからね。

詩人 いやいや、痴愚の女神は君という人間の双子の姉に決まってる。ぼくの中の詩人が、そう認定するんだ。そう認定された人間は、そもそも何ひとつ理解できなくたってい

いんだ。君はぼくの詩を聞くが、その詩を全然理解しない。なぜなら君には詩は理解できないからなんだ。

秘書 あらヤダ、そんなのヒドイ侮辱だわ。私は、ちゃんとした秘書だし、とにかく帳簿という書物への出入りを管理してる人間よ、だって簿記係も兼ねてるんですもの。

詩人 ああ、出っ張るモノは、君の帳簿の中に入れといてもらわなけりゃ。

男は女に触る。

秘書 まだダメよ。もうひとつ詩を聞かせてほしいわ。

詩人 イヤだね。そろそろ君の湿った帳簿のページをめくりたいんだ。ところでぼくはこれでも現実の文学界では劇作家なんだぜ。

秘書 あら、ちゃんとした劇場が、あなたのお芝居をかけるの？

詩人 この空っぽ頭の小ウサギちゃんは何を考えてることか？　ぼくが後世のために自分につけた名前を本当に知らないのかい？

秘書 だって、ハンスって言ったわよね。

詩人　それは、生まれた時に付けられた名前さ。でも生まれなんて、ぼくにとってどんな意味がある？

秘書　それじゃあ教えて、どんな名前が好きなの？

詩人　フム（立ち上がって、腕を組む）、その哀れな脳みそで、ぼくの名前を聞いて驚くなよ。ネストリイ★5とだけ言っておこう。ヨーゼフシュタット★6劇場でかかってる。

秘書　ヨーゼフシュタットって素敵で上品な地区だわ。

詩人　何だって？　で、ネストリイは？　ネストリイについてはどうなんだよ？

秘書　いじわるそうで、間が抜けてて、私の名前とあんまり変わらないわ。

詩人　（笑いながらヒステリックに声を張り上げる）おかしすぎて頭ん中がバラバラだ。ネストリイは、この子向きじゃない。彼女の人生観からすると、ネストリイが占める精神の序列は、せいぜい路面電車の車掌ぐらいでしかない。ぼくにとっては、しかし彼は選り抜きの神様同様なんだ、ネストリイは。

秘書　路面電車の車掌さんだって、すごく立派な仕事じゃない。どうしてすぐに、そう言わなかったの？

詩人　（床を転げ回りながら、声を張り上げる）……頭蓋の屋根を通して雨が漏ってくるみたいだ。こんなコトがありうるなんて……

秘書　普段のアンタはどこに行っちゃったの？　普通じゃないわ。興奮しすぎて病気になったんじゃないの？

床に寝ている彼の脇に跪き、彼の脚の間をマッサージすると、彼は静かになり、のどを鳴らし始める。

詩人　いいかい、現実は鉛みたいに重苦しくて長い。実は、ぼくはネストリイなんかじゃない。ネストリイは友達さ……いや違う、実は、もうずっと前に亡くなった死人だ。ぼくには芝居なんか全然書けない。どうだい、がっかりして、悲しいかい？

秘書　けど私にはネストリイなんて、ソーセージ[★7]みたいにどうでもいいわ、そりゃあ、ソーセージだって悪くはないけど、でもカツレツの方がいいわ。アンタは詩人か、路面電車の車掌のハンスのどっちか……それでいいじゃない。（彼女は激しくマッサージする）

詩人　ああ、ぼくを幸せにしてくれ、すべてが終わるまで。

秘書　いいわよ……

女は男の作り物のペニスを取り出し、ぞんざいに自分のスカートの下に入れ、義務的にうめき声をあげてから、再び男のズボンの中に戻す。二人は立ち上がる。

詩人　これで君はぼくを好きになったよな。

秘書　もちろんよ。

詩人　（自信ありげに）けど、ぼくはそれを確かめなきゃならない。君はヨーゼフシュタット劇場に通って、ネストリイを勉強しなけりゃいけない。ちゃんとネストリイを経験したかどうかで、君の真価がわかるだろう。

秘書　でもさあ……またネストリイ・ソーセージの話なの。

詩人　それじゃあ、まずは何か食べに行こうじゃないか、ぼくのかわいいドクロのお猿さん。

秘書　でもカツレツですからね、ソーセージはイヤよ。

二人退場。

八　詩人と女優

田舎の宿。客室。二人が入ってくる。

詩人　ああ、本当に生きてるって実感できるのは、単純でとるにたりないことにかかずらってる時だけだ。君が偉大な女優で、ぼくが偉大な詩人だなんてことには、何の意味もない。

女優　女殺しが、いかにも贅沢なお肉を引きずって、田舎の宿屋まで来たんじゃないの。さあ、召し上がれ、詩の書けない詩人さん。

詩人　女特有の神経をいらつかす運命論を、詩人のぼくにぎゅうぎゅう詰め込むのはやめてくれ。ぼくは君のせいで、すでに一度、夢の中だけど自分を殺してる。だってぼくの言葉の才能じゃ、何をやろうがうまくいかないからだ。まだ脱線はしてないぼくらのエピソードの結末に、窓の外がブタのクソだらけの田舎の宿を持ってきたのは君のアイデアだ。

女優　（男の前で跪き、指を組んで、ブツブツお祈りをする）

詩人　何をやってるんだ？　君の下品な唇と手で、しかも声まで出して、祈ってるのか……誰に祈ってるんだい？

女優　神様よ、決まってるじゃない。

詩人　あのもうろくジジイにか？

女優　もうろくジジイはアンタでしょう。（声を上げて笑う）

詩人　君……君って、いつも新しい下品な言い回しを思いつくんだなあ。

女優　それって本当は詩人であるあなたの仕事でしょう。でも私はあなたを見つめてるのが不思議でなくなると、あなたの代わりに思いついてあげてるのよね。そのたびに、いつも指の間がギトギトしてくるの。あなたといて不思議だったことは一度もなかったわ。

詩人　じゃあ、ぼくは帰るよ。ぼくは自分一人きりでいたって、自分と素晴らしく仲良くやっていけるんだ。自分に対しては何も装う必要もないし。

女優　それって、あなたにしちゃウットリするくらいすばらしい考えだわ。あなたがそのバカみたいに重い身体で私にのしかかるようになってから考えついた中で、一番良いかもよ。

男は怒って足音荒く階段を下りて行く。窓の外を行ったり来たりする男の足音が聞こえる。その間に女は服を脱ぎ、ネグリジェ一枚の姿になり、満足そうに全身をなで廻しているが、やがて窓辺に行く。

女優 ねえ、ブタのウンコの周りをグルグル歩いてるんでしょ？ あなたは私の可愛いいちいちゃなジャガ芋袋よ。早く私のところに上がってきて、男らしく振る舞いなさいな。私たちはあなたが好きでたまらないもんで、元気なあなたをちょっといじめずにいられなくなっちゃうの。私の可愛そうなコルク栓ちゃん、早く上がっていらっしゃい。

女はベッドに寝そべり、再び自分をなで廻す。その間に男は階段を足音高く上がってきて、部屋に入り、ふてくされながら座る。

女優 どうしたの、何か言いなさいよ。

詩人 人生には、そこへさしかかると、すべてが破滅の相で浮かび上がる不安定な個所がすごくたくさんある。自己利益とか、純利益とか、もっと強力な人生もあるにはちがいないんだろうけど、見はるかすことのできない個所が実際に存在することは、残念ながら疑いようがない。

女優 いったい、何がお望みなの、教会の鐘と代用コーヒー？　あなたって何かを始めるたんびに、総合を求めて、それから初めて物事を魅惑的に見ようと努めるタイプよね。でも、ここには女殺しと贅沢でおいしそうなお肉とがそろってるのよ。次はオネンネでしょ、それから朝ご飯で、その次がまたウィーンで、それからまたお芝居って順番なの。

詩人 君がそんなに賢いとは全然知らなかった。

女優 私は賢いんじゃなくて、女優なの。

詩人 ぼくは賢い上に、詩人だぜ。

女優 そうだわね。だって、そうでもあるし、さしあたり、そうでなきゃ困るもの。

詩人 それって、もしかして恐ろしいことかも。

女優　実際に存在するものは、それが存在するという理由からして、恐ろしくなんかないわ。存在しないものが恐ろしいの。だってそれは可能性っていうことだから、可能になりえないかもしれないいんだもの。

女はハンドバックから小さな額縁を取り出して、サイドテーブルに立てる。

詩人　それはいったい何？

女優　私がお守りにしてるマリア様。

詩人　でも本当は何なんだよ？

女優　もちろんコンドームをつけてる偉大な女殺しと、その下に組み敷かれている贅沢でおいしそうなお肉じゃないの、あなたって、エイズで脳みそをやられた役立たずの詩人なのねえ。

詩人　（ぎくっとして、立ち上がる）ネストリイのようでなきゃダメっていうんだな。ネストリイが相手なら、君には対等になれるチャンスなんて皆無なんだぞ。そもそも君なんて、黄金製のオマルにすぎないじゃないか。ネストリイからは、君の実力相応の役しかもらえっこない。どんなに頑張ったって役はついてこない。ダメだ、ダメだ、ダメに決まってる。

女優 ええ、ええ。あなたの発話器官、絶対に膀胱炎を起こしてるわ。あなたの負け。だからあなた、ちょっと私をファックしてもいいわ。私のこの横たわる姿をちょっと拝んでおかなきゃ損よ。女殺しと贅沢でおいしそうなお肉だもの、横たわる私が驚嘆に値するのよ、こんなにまぶしく輝いているからよ。でもねえ、そういう私のやり方だって、ずいぶんべとついたものよねえ、だからここへ来ていいのよ、私の可愛い死人ちゃん。

詩人 以前、しょうもない女の子と知り合ったことがあるんだけど、頭の中がインテリア一つない空っぽのその子は、ネストリイのことを路面電車の車掌だと思いこんでたんだ。おかしくないかい？（苦しげに笑う）

女優 （大声で笑う）えええええ、ネストリイは死んだ詩人のお仲間、アンタは詩的自由の世界に路面電車を奪われた私の車掌のハンス。でも私の車掌さん、もうそろそろ、私を轢いてもいいんじゃないの、んー？

詩人 でもぼくは……ぼくは、だって、その……んんん……はあ、でもやりたがってる君って、すごく似合ってる。

女優　（深いため息）ええ、そうでしょ、私は今、とってもしたいのよ。

男はうなりながら、ズボンから作り物のペニスを取り出し、女のベッドの中に投げると、反抗的にじっと立っている。女はそのペニスで自分を慰める。最後に女がそれをベッドから投げ出すと、男はうろたえながらそれを拾い上げて、しまいこむ。

それで？　トラララだったでしょ？　女のお肉と贅沢殺しだもの。自分の愚かさを丸写しにした貧弱な駄作を書くより、ずっとましでしょ、違う？

詩人　いつか暗赤色に染まる日に、君はぼくの作品を演じなければならなくなるだろう、君の芸術作品とやらの可能性がすりきれるまでね。

女優　うんとたくさんのことを思い出すわ。あなたのこともいろいろ思い出して、あなたのベッドの病気の枕元に路面電車の制服を掛けてあげる。でもねえ、今日のあなたは私の詩人よ、だって少なくとも想像的感性的に、私のおシリで詩を書いたんだもの。さあ、あなたの路上詩人をしっかり私に押しつけて、偉大な詩人のあなたについて語って聞かせてちょうだい。（彼はためらいながら、彼女の脇に寝る）

詩人 さあ、聞かせて、私たちの大詩人の傑作はどんななの？

（恍惚となる）そう、ぼくは……そおお、ものすごい大成功に、ぼくは息の根を止められる。今やぼくは十五カ国語に翻訳されている。ぼくの銀行口座は印税であふれそうだ。文学の効用は人間にとっていつも美味しいもののようだ。ぼくの人生は実にすばらしいものになり、生きやすい人生観で一杯になった。ああ、そう、そうだ、そうだ……

女優 すばらしいわ、それであなたはいま何のお仕事をしているの？

詩人 友達のネストリイとぼくとで、オーストリア国歌をドラマ化してる……（あくびをする）何だか疲れたよ、君の横に寝るのはとてもステキだ。続きはまた明日。（眠る）

女優 ええ、あなたにとって、明日はまたドキドキするくらいすてきで、一日が生を終える、そんな日になるわ。

女は服を着る。そして部屋を出る時に明かりを消す。

九

女優と国民議会議員

女優のぜいたくな調度品で飾られた部屋。午前。女はまだベッドの中で、ちょうど国民議会議員が部屋に入ってきたところ。

議員　いいかね、まさにこう考えたところだった、今からお前は彼女の所に行く、あの才能豊かな人の所へ、とね。するとその「今」が、もうまた過去になり、私はまたこうしてここへ到着したというわけだ。（彼は彼女のベッドの脇に座る）そしていいかね、かわいい人、あなたのみじめでありうる可能性と、私という指導的政治家のみじめさの現実が出会うんだ。老年っていうのは丹毒に罹った豚だ。老年が丹毒で、魂が豚なのだ。だから安んじて心の中の財産を全部、丹毒に賭ければいい。たとえ豚が魂としてはまだ若くとも、丹毒が必ず勝利を収めるからだ。老年に残されたことはただひとつ、賢明な性格を培って万人を凌駕することだけだ。

女優 おやめになさいませ、博士。自らの身を上位概念に捧げたために、死ぬまで老いることのない人たちもいましてよ。

議員 投げ捨てられるのが落ちさ、かわいい人、たちの悪い石ころみたいに投げ捨てられるのが落ちだよ。

女優 でも議員と俳優は、同じ救命ボートに乗っています。私たちがあけすけに人間の問題に手を出すのは、その問題が再び窮地を脱して、輝くようにするためですわ。

議員 ああ、そういう国境なき楽観論、それがあなたたち俳優を愛の対象にするものなんだよ。あなたがえらく持ち上げてくれたものは、私の青春時代という穴ぼこの中でだったら、善をめぐる戦いのための最初の運動を示すものだったのかもしれん。けれども残り滓はといえば、倦怠感と、冷え症、オーストリア、そして隠居所だ。

女優 もう歳をとったという話はやめましょう。父親を装って誘惑するおつもり？　産まれつきの若々しさを前面に出された方がよくってよ。

議員 いいかね、国家というのは、その代表者たちに何キロメートルも持続する笑顔を強制するものだ。そうすれば、黙ってため息をついた時に刻まれる皺が消えるかもしれんからな。

女優　政治家たちの集まる議会が死体性愛者用の施設だっていうのは、本当に正しい説かもしれないわね。（わざとふてくされて）あなたがお越しになってワクワクさせていただいたかと思ったら、後はご自分の皺をほめたたえてばっかりだなんて。それってあんまりだわ。

議員　（ため息をつく）議会での討論なんて、ひどい話ばかりだ。瀕死の自然、崩壊する家庭、厄介な外交問題、恐るべき国内問題、退廃した文化、無意味な児童補助金、不平たらたらの悪性腫瘍みたいなキリスト教徒たち……どれも笑止千万の平等問題だが、最終的な集合的平和を落としどころにしているんだ。

女優　（からかうように）でもその代わりに議員さんたちはいつも、劇場の貴重なフリーパスをもらえるわ。

議員　ああそうだよ、もしそうでなければ、私が世界劇場で、アンタにひと目ぼれすることもなかっただろう。おっと、これはすまん、悪かった、思わずアンタ呼ばわりをしてしまった。

女優　（男にしなだれかかる）それこそ直観だったのよ、若さだったんだわ。

議員　議会でなら政治的脱線になるところだ。

女優 列車が輸送手段でありつづけるかぎり、しょっちゅう脱線が起こるのは避けられないことだわ。ねえ、あなたの強烈な舌を私の口の中で脱線させて、歳をとった憂鬱な赤ん坊さん。(男にキスをする)

議員 でもまだ昼前だろう。私はとっくに登院してなければいかんのだが……しかし議会なんぞクソクラエだ、どうせそのうちネオナチの巣窟になるんだ。

男は女の上におおいかぶさり、キスをする。それから半身で起きあがると、ズボンの前から作り物のペニスを取り出す。女はそれを持ってベッドの中で転がり、わざとらしくうめき声をあげる。男はベッドの脇に立っているが、身体を折り曲げ、床に横たわる。女は静かになり、モノを取り出し、いたずらっぽくキスをしてから、それを議員の腹の上に乗せる。男はあえぎながら、それをズボンの中にしまい、やっとの思いで起きあがる。

女優 本日、私の女の線路の上を初めて国民議会の一員が通過しました。ねえ、ステキだった、お爺さま?

議員　（息をはずませながら座る）ああ……ああ、そうだとも。思い出の腕立て姿勢、思い出の突き、まさに青春だった。括約筋がとっくに忘れていた時代の歌を歌ってくれるんだ。
女優　あら、ヤダ。（笑う）
議員　これはスマン……パルドン、議会の尻は締まりが悪くて、どんな知らせもしまっておけない。
女優　でも大臣さんに話してね、昨日の夜、約束した大事な用件を、いいわね？
議員　ああ、もちろん……国家という豚の金玉は密かに事を運ぶときが、一番効率がいいんだよ。
女優　あらまた、ヤダわ。
議員　またやってしまった。交渉ごとっていうのは、腹立たしいもんでしかないんだよ。
女優　何もかもがうまくいくわけじゃないのよ、カッパだって川を流されるんですもの。
議員　どうも人間嫌いは私じゃなくて、アンタの方らしいな。
女優　俳優っていうのはね、友を敵として演じるんです、その逆もありですけど。
議員　じゃあ、私は国家を自分として演じている、その逆もありだがね。

女優 その通りだわ、何事も始まろうとする前に、もう失効してるんですもの。でもそろそろ女優さんはシャワーを浴びて着替えなくちゃ、だって女優さんは稽古に行かなきゃいけないの。

議員 ああ、私も死刑囚用の独房、つまり議会へ行くとしよう。

女優 (浴室から身体を出して)大臣さんに私の件を伝えるの、忘れないでね。

議員 ああ、まかしてくれ。アデュー。できれば今晩、また劇場へ顔を出すよ。(退場)

十　国民議会議員と娼婦

夜。公園のベンチ。議員が娼婦にもたれて眠っている。作り物のペニスが地面に転がっている。

娼婦　ねえ、もういいかげん、起きてもいい時間よ。

男は苦労して身を起こし、目をこすって、女を見つめる。

議員　ああ、アンタも下の方に入れさせてくれる女なのか。そういう夢を見ていたところだった……女優……劇場、クソ、せっかくうまくいきそうだったのに、またすべて台無しだ……ああ、わたしのガイコツ頭……

娼婦　アンタのその頭を支えてたっぷり一時間も寝かせてあげたんだよ、だってすっごく豪勢に払ってくれたんだもの。でも、どこでそんなにベロンベロンになってきたの？

議員 クソッタレ議会……クソッタレ外交使節団……クソッタレの東欧ブロック、クソッタレのウォツカ……おお。

娼婦 あら、あんなところに落とし物だわ、でも落とし物扱いはしてくれそうもないわね。

女は作り物のペニスを拾い上げ、それを男のズボンの空いたチャックの中に押し込む。

議員 これはかたじけない、私のズボンの中は冷えきった冬だが。

立ち上がり、伸びをする。

議員 指をはじく音
母たちのイビキの音
パルドン

最初の出だしの音
それに続く音
スマンね、私は議会でもそうだが……スピーチでツバをまき散らして大気を汚染せずにいられないたちなんだ。

娼婦 アタシは娼婦だから、お金を貰えばさ、たいがいのことは試してみるけど、でもギカイなんて体位はまだ知らないよ。アンタ、そもそもどんな仕事なの？

議員 私もね、悲しい稼業さ……アンタと同じように、人間相手にバカやってる。

娼婦 そういうことか、でもね、どんなことも、バカって言っちゃうと、本当にバカになっちゃうよ。食堂のメニュー見て何にも見つけられない人って、お腹すかしちゃうよね。メニューがクソッタレだと、食べるものもクソッタレ。クソッタレを食べる人は、その食べたクソッタレのせいでクソッタレになっちゃうし、何もしないわけにいかないから、何かやらずにいられなくて、何かやっても、クソッタレしかできないわ。メニューを書いた人って、クソッタレの中でもだいぶ上位のクソッタレだろうけど、きっとその上にもっと偉いクソッタレがいるんだわ。

議員 （笑う）まるで議会みたいだ……違うか……

娼婦 それって、きっと相当刺激的なんじゃない、そのギカイって体位。
議員 私のペニスがまだ取り外せず、まだ燃えたつ炎のような若者だった頃、とある人妻に死ぬかと思うほどのぼせあがったことがある。その人は私を捨てる前に、自分の夫を捨てたんだ。その時、私の血も涙もない母が、私に宛てたメモを台所のテーブルの上に置いていった。そこには、こう書いてあったんだ。恥を知りなさい、人の結婚生活を壊した上に、相手の夫を追い出したことを自慢するなんて。きちんと食べるのよ。冷蔵庫にハムとソーセージがあります。棚の中にクリームパイがあります。お酒を飲み過ぎないようにしなさい。母より。

二人はしこたま笑う。

議員 その時初めて、私は自分を誇らしく感じたんだ。アンタは、あの時の人妻を思い出させてくれたよ。今じゃ彼女も卵を抱いた、腐りかかったデブッ尻の雌鶏みたいな有様になってるがね。
娼婦 最後にイキなお話を聞かせてくれて、嬉しかったわ。でもアタシ、そろそろ次のお仕

事に取りかからなくちゃ。（立ち上がる）
じゃあね。

議員 じゃあ。

二、三歩行きかけて、二人とも振り向く。

議員 じゃあな。（ウィンクする）

娼婦 じゃあね。（ウィンクする）この次はギカイっていう体位を教えてね。

終

Der reizende Reigen nach dem Reigen des reizenden Herrn Arthur Schnitzler

訳注

★1―オーストリアの貨幣単位。一シリングは十円〜十一円。二〇〇二年から全面的にユーロに移行した。

★2―復活祭に先立つ四旬節は精進と断食の期間で、その初日が「灰の水曜日」である。その前の三日から一週間を「カーニヴァル」「謝肉祭」と呼び、享楽的、脱規範的なお祭りとなる。

★3―オーストリアにおける飲食店でのアルコール飲料への消費税は20%。

★4―グラーツはオーストリア、シュタイヤーマルク州の州都で、ヴェルナー・シュヴァーブの生地。一九九九年に旧市街が世界遺産に登録されている。

★5―十九世紀ウィーン民衆劇を代表する劇作家ヨーハン・ネストロイNestroyを、ネストリイNestoryともじっている。

★6―ウィーンの八区は、むしろ下町と言える。そこにあるヨーゼフシュタット劇場は、どちらかと言えばお年寄りの多く集まる劇場で、ネストロイは人気の出し物。

★7―Blunzenは血を固めたソーセージで、シュヴァーブの劇にはしばしば登場する言葉。

訳者解題

シュヴァープの破壊的でグロテスクな「笑い」

寺尾格

スタンレイ・キューブリック監督の遺作となった『アイズ・ワイド・シャット』（一九九九年）は、妻のエロティックな妄想に衝撃を受けた若い医師が、夜のニューヨークを徘徊して、高級秘密クラブの性の饗宴にもぐりこんだあげく、殺人事件に巻き込まれる映画である。なかなか秀逸なサスペンス映画ではあるのだろうが、妻の妄想を耳にした医師の衝撃……という最初の動因から、セレブたちのパーティーの有り様や、さらには終わり近くで明かされるクラブの「秘密」の興ざめな提示というあたりに、「世紀末ウィーン」から「現代アメリカ」への設定変更の無理が、少なからず出てしまったのは否めないだろう。

というのもこの映画の原作は、シュヴァープの本作品の原作者でもあるアルトゥール・シュニッツラーの『夢小説』という短編小説であり、冒頭のパーティー、夜の彷徨、秘密クラブへのアプローチ等々、主人公の行動は映画も原作も同じなのだが、十九世紀末のウィーンの爛熟した退廃の雰囲気を、性と死の交錯する時代特有の不安の中で増幅する原作と、クールなトム・クルーズのお坊ちゃん的な雰囲気が際だつ映画とでは、決定的に別な世界となっている。ウィーンのバロック的華麗さの裏側に立ち込める世紀末の倦怠感と、十九世紀上流市民社会の「二重モラル」の閉塞感は、「梅毒」を「エイズ」に変えたぐらいでは、その陰影を充分にはとらえきれないだろう。『夢小説』の初稿の完成は一九〇七年であるが、ちなみにシュニッツラーを「同志」として高く評価した精神分析医フロイトの『夢判断』の出版は一九〇〇年である。

その同じ一九〇〇年に、シュニッツラーは、『夢小説』以上に「性的欲望」の描出に焦点を絞った劇作品『輪舞』を内輪の私家版として出版していた。男女の性行為そのものを正面から扱って、行為の前後の対話を微細に描き出す。しかも相手を代えながら、登場人物が一巡する性の「輪舞」。「カーテンの奥」ではあるものの、舞台上で行われる性行為の表現は、当然、大きなスキャンダルを引き起こした。作者自身は「上演不可能」と明言していたのだが、一九〇三年には公に出版され、一部分（四場～六場）のみにせよ、私的に上演されている。本格上演はハプスブルク帝国が崩壊し、検閲が廃止された後の一九二〇年、ワイマール共和国の首都ベルリンでのことだった。しかしそのベルリン公演でも、「わいせつな筋」のために裁判沙汰となり、判決では無罪となったものの、作者攻撃のキャンペーンは熾烈をきわめ、一九三一年にシュニッツラーの亡くなった二年後には、ナチスによる「退廃文学」として、焚書の憂き目にもあっている。

世紀末ウィーンにおける「性」を直裁に描くシュニッツラーの『輪舞』は、二〇世紀の男女における「欲望」の自覚を描写した点で、現在にも直結する問題を投げかけている。「愛」の市場における家父長的な「市民」イデオロギーを曝露する内容面のみならず、「沈黙」を多用した繊細な対話描写や、各場面の並列的展開という形式面でも、『輪舞』は、十九世紀的近代リアリズムの統一的心理ドラマが、「現代」の反心理的・反ドラマ的演劇言語構築へ転換する方向を押し進めた諸作品の中の重要な一つと言えよう。

さて、その百年前のスキャンダラスな作品の舞台を現代のウィーンへと「改作」したのが、奇才ヴェルナー・シュヴァープの本作品である。シュニッツラーが一八六二年にウィーンに生まれ、一九三一年に六九歳で亡くなったのに対して、シュヴァープは一九五八年にオーストリア、シュタイアーマルク州の州都グラーツに生まれ、一九九三年の大晦日に三六歳の若さで急死している。死因はアルコール中毒ということである。ウィーン造形大学で、応用美術を学びながら書いた劇作が高く評価されて、一躍、脚光をあびた。その契機となった『女大統領たち』（初演一九九〇年）は、『かぐわしきかな天国』という邦題の拙訳がドイツ文芸誌『DeLi』第一号（二〇〇三年　沖積舎）に掲載されているが、それ以外には、日本では本作品まで紹介がない。

しかしドイツ語圏でのシュヴァープは、「一九九〇年代早々の最も重要な発見」と言われる衝撃的なデビュー以来はもとより、彼の急死以後にも作品は次々と初演されている。三巻本の戯曲集が出され、あるいは二〇〇三年には没後十年を記念して、ウィーン・ブルク劇場で『いなくたってやる　ヴェルナー・シュヴァープへのオマージュ』と題して、ウィーンを代表する若手劇作家四名（カトリン・レグラ、ベルンハルト・シュトゥットラー、ローベルト・ヴェルフル、フランツォーベル）が、それぞれ個性的な表現でのオムニバス作品を記念上演している。その宣伝文句（ブルク劇場ホームページ）から冒頭部分を引いておく。

> 本当に、二〇〇四年の一月でもう十年になるとは信じられないほどだ。十年前にヴェルナー・シュヴァープは死んでしまった。当時のシュヴァープは、わずか三年でドイツ語圏の劇場を嵐の中に巻き込んだ。誰もがエキセントリックに彼のことを話していた、彼の作品、彼の才能、彼の言語芸術のことを。ある批評家は、彼の奇妙で、高度に詩的な言語の才能を評して「シュヴァープ語」という呼び方をした。それは彼のトレードマークとなり、至る所でブランドになった……

シュヴァープの『魅惑的なアルトゥール・シュニッツラー氏の劇作による魅惑的な輪舞』は、一対の男女の性的関係を、登場人物を一人ずつ順番に入れ替えながら、十個の対話場面でつなげる。これはシュニッツラーの『輪舞』の内容と円環的構造に完全に依拠し、台詞の文脈も随所でそのまま踏襲している。そのためにシュヴァープの「改作」は、シュニッツラーの関係者から「著作権違反」の廉で訴えられ、一九九五年のチューリッヒ初演はたった一回のみの私的上演となった。しかし一年後に上演許可がおり、一九九七年にはウィーン・シャウシュピールハウスでオーストリア初演。以来、各地で上演されている。「改作」が著作権に関わるほどのものかどうかは、作品を読み較べれば明瞭である。シュニッツラーの「設定」は利用しているものの、完全にシュヴァープ独自の言語世界が築かれているだろう。

シュニッツラーでは「カーテンの陰」で暗示的に行われる性行為が、シュヴァープでは取り外し可能の「作り物ペニス」を使用したシミュレーション・セックスとして、舞台上で露悪的に行われる。現在のドイツでは、舞台上での性行為の演技も、特にスキャンダルとなるほどでもない。それは、セックスの社会常識とその表現に関して、この百年の間に起こった大変化の結果である。ただしスキャンダルにはならないが、実際の「行為」は「カーテンの陰」で行われていることに変わりはないのだから、実は百年前と何も変わっていないのかもしれない。男のズボンから取り出され、再びしまい込まれるペニスのまがい物という、実も蓋も無い直截な描写には、伝統的なドラマが暗黙の前提としているロマンチックな「愛」を、粉々に破壊するだけの即物的な衝撃力がある。シュニッツラーが世紀末の「性的抑圧」を暴いた心理描写の即物性を、百年後のシュヴァープの即物性と比較してみると、非常に興味深いのではないだろうか。

シュヴァープの即物的な笑いという点で注目すべきは彼の文体である。「シュヴァープ語」特有の、無意味な冗語、奇妙な比喩と造語、論理と文法を無視した配語法によって、文脈はしばしば破壊され、男女の性的欲望の戯れは、ひどく無機的な言語のおかしさとしても展開される。このあたりの機微を日本語に移すことはほとんど絶望的なのだが、例えば冒頭の対話は、シュニッツラーでは「娼婦と兵士」の場面である。

兵士　（口笛を吹きながら帰宅途中）
娼婦　ねえ、私のきれいな天使さん。（Komm, mein schöner Engel.）
兵士　（振り返り、そしてまた行こうとする）

娼婦　あたしと一緒に行きたくなあい？（Willst du nicht mit mir kommen?）

兵士　ああ、俺はきれいな天使かい？

二人の短いやりとりはリアルに直裁で、無駄なかけひきの一切無いシンプルな応答で、大変にわかり易い。それに対してシュヴァープでは、兵士がサラリーマンに変わっているのだが、同時に対話の質が全く変化している。

娼婦　ねえ、そこのすてきで速そうな車のあなた、今夜、あなたのひとりぼっちの車体を私の身体で磨いて遊ばない？

サラリーマン　ぼくはすてきで速い車なんかじゃなくって、ウオッシャブルなサラリーマンだよ。ぼくの雇用関係は完璧だし、ぼくは若くて、スリムな上に、仕事で手一杯だから、性的おふざけに金を払う気なんてないよ。

シュニッツラーの「きれいな天使（schöner Engel）」という呼びかけを、シュヴァープは「すてきで速そうな車のあなた（du schönes schnelles Auto）」と変えるのみならず、ウィーン方言を基礎とした、もって回った前置詞に奇妙な言い回しを連結させ、不可解な比喩表現を不自然に並べる。あるいは「私と一緒に行かない？」という単純な呼びかけを、「あなたのひとりぼっちの車体（mit deiner einsamen Karosserie)」と比喩で言うのはともかく、「私の身体で磨いて（an der meinigen Person)」と、無駄な形容詞を多用した冗長な前置詞節による言い回しを続ける。それに対するサラリーマンの答えも、単純な並列文の反復と、抽象語を多用した不自然な従属文を絡み合わせ、通常の口語表現でも散文でもない、ひどく人工的で奇妙な言語構築物として提示される。

翻訳の過程で、どうしても理解しかねる個所が出てくる。たいがいは周りのドイツ人に尋ねれば、おおむね解決するのだが、シュヴァープの場合には、例外なく頭をひねって、「たぶん……」「おそらく……」「もしかしたら……」のオンパレードであった。訳者としてもオズオズと、わかり易い意訳につとめざるをえない。もともとのネジくれた奇妙な文体の破壊的で没論理のオモシロサが、意訳によって、どうしても論理化され、微温的に穏便化されてしまうのが残念ではある。しかし、にもかかわらず、シュヴァープ作品の持つ破壊的な衝撃力の一端は示しえたのではないかとも思っている。

訳者はチューリッヒでの初演をビデオでしか見ていないので、客席の反応はわからないのだが、舞台全体の作り方は、いかにも生真面目で硬質な雰囲気が支配的だったように思う。それに対して二〇〇五年の三月にウィーンのアンサンブル・テアターで見た舞台は、小劇場ながら実に秀逸であった。

ウィーンでの舞台は、それぞれ五十席ほどの椅子が階段状に相対するように並べられ、観客席から見下ろす感じの素の舞台は、真ん中にテーブル、左右に長いすがあるだけで、他には何も置かれていない。登場する男女は全て、二人の俳優の早変わりで演じられた。客席は満杯で、どうも教師に引率されたらしい高校生のグループが目立ったのには、彼我の「教育文化」の相違を実感させられた。

チューリッヒの舞台では、「性行為」が比較的そっけなく扱われて、全体にシュヴァープの無機的な側面が強調されていたのに対して、ウィーンの舞台では、「ペニスのまがい物」を利用したシミュレーションのセックスが、かなりきわどく、悪趣味なほどに強調されていた。客同士の視線の絡まり合う対面客席が、ここで独特な効果を産みだす。ねじくれた言い回しの「シュヴァープ語」と対面客席との相乗効果で、クスクス笑いと苦笑と爆笑とが終始、絶えることなく、いつまでも続く舞台であった。でっぷりと太ったヒゲの紳士が、いかにも楽しそうに身体を揺すって笑う姿を目にすると、グロテスクに強調された「言語と行為」によって構築された舞台世界が、それを包み込む観客自身をまきこみながら、誘因と反発の微妙な距離感を生み出しつつ、「笑い」の中で異化的に立ち上がってくる。そのような舞台を可能にするヴェルナー・シュヴァープの奇才ぶりに、あらためて感心した次第なのである。

著者

ヴェルナー・シュヴァープ（Werner Schwab）

1958年、オーストリア・グラーツ生まれ。ウィーン造形大学中退。廃棄物美術制作と同時に劇作、および散文活動。特異な「シュヴァープ語」による一連の「排泄劇連作」で、1990年代早々に爆発的な大成功をおさめ、1993年大晦日に急性アルコール中毒で急死。1990年『女大統領たち（邦題・かぐわしきかな天国）』、1991年『重すぎる、くだらん…無形式』『民衆根絶あるいは私の肝臓は役立たず』他。

訳者

寺尾　格（てらお・いたる）

一九五一年生まれ。東京都立大学経済学部卒業後、人文学部独文学科に再入学、同大学院博士課程終了。専修大学教授。論文は「クラウス・パイマンとブルク劇場」（九一）、「ボート・シュトラウス『イタカ』におけるホメロス改作」（九五）、「コロスとモノローグ　エルフリーデ・イェリネク論」（九九）など。翻訳はペーター・トゥリーニ『アルペングリューエン』（二〇〇〇）、ヴェルナー・シュヴァープ『かぐわしきかな天国』（二〇〇三）ほか。

ドイツ現代戯曲選30　第二十四巻　魅惑的なアルトゥール・シュニッツラー氏の劇作による魅惑的な輪舞
二〇〇六年十月一五日　初版第一刷印刷　二〇〇六年十月二五日　初版第一刷発行
著者ヴェルナー・シュヴァープ⦿訳者寺尾格⦿発行者森下紀夫⦿発行所論創社　東京都千代田区神田神保町二―二三　北井ビル　〒一〇一―〇〇五一　電話〇三―三二六四―五二五四　ファックス〇三―三二六四―五二三二⦿振替口座〇〇一六〇―一―一五五二六六⦿ブック・デザイン宗利淳一⦿用紙富士川洋紙店⦿印刷・製本中央精版印刷⦿
⦿ ISBN4-8460-0610-7

ドイツ現代戯曲選 30

*1
火の顔/マリウス・フォン・マイエンブルク/新野守広訳/本体 1600 円

*2
ブレーメンの自由/ライナー・ヴェルナー・ファスビンダー/渋谷哲也訳/本体 1200 円

*3
ねずみ狩り/ペーター・トゥリーニ/寺尾 格訳/本体 1200 円

*4
エレクトロニック・シティ/ファルク・リヒター/内藤洋子訳/本体 1200 円

*5
私、フォイアーバッハ/タンクレート・ドルスト/高橋文子訳/本体 1400 円

*6
女たち。戦争。悦楽の劇/トーマス・ブラッシュ /四ツ谷亮子訳/本体 1200 円

*7
ノルウェイ.トゥデイ/イーゴル・バウアージーマ/萩原 健訳/本体 1600 円

*8
私たちは眠らない/カトリン・レグラ/植松なつみ訳/本体 1400 円

*9
汝、気にすることなかれ/エルフリーデ・イェリネク/谷川道子訳/本体 1600 円

*10
餌食としての都市/ルネ・ポレシュ/新野守広訳/本体 1200 円

*11
ニーチェ三部作/アイナー・シュレーフ /平田栄一朗訳/本体 1600 円

*12
愛するとき死ぬとき/フリッツ・カーター/浅井晶子訳/本体 1400 円

*13
私たちがたがいをなにも知らなかった時/ペーター・ハントケ/鈴木仁子訳/本体 1200 円

*14
衝動/フランツ・クサーファー・クレッツ/三輪玲子訳/本体 1600 円

*15
自由の国のイフィゲーニエ/フォルカー・ブラウン/中島裕昭訳/本体 1200 円

★印は既刊（本体価格は既刊本のみ）

N e u e　B ü h n e 30

*16

文学盲者たち/マティアス・チョッケ/高橋文子訳/本体 1600 円

*17

指令/ハイナー・ミュラー/谷川道子訳/本体 1200 円

*18

前と後/ローラント・シンメルプフェニヒ/大塚 直訳/本体 1600 円

*19

公園 /ボート・シュトラウス/寺尾 格訳/本体 1600 円

*20

長靴と靴下/ヘルベルト・アハターンブッシュ/高橋文子訳/本体 1200 円

*21

タトゥー/デーア・ローアー/三輪玲子訳/本体 1200 円

*22

バルコニーの情景/ジョン・フォン・デュッフェル/平田栄一朗訳/本体 1600 円

*23

ジェフ・クーンズ/ライナルト・ゲッツ/初見 基訳/本体 1600 円

*24

魅惑的なアルトゥール・シュニッツラー氏の劇作による魅惑的な輪舞/
ヴェルナー・シュヴァーブ/寺尾 格訳/本体 1200 円

ゴミ、都市そして死/ライナー・ヴェルナー・ファスビンダー/渋谷哲也訳

ゴルトベルク変奏曲/ジョージ・タボーリ/新野守広訳

終合唱/ボート・シュトラウス/初見 基訳

座長ブルスコン/トーマス・ベルンハルト/池田信雄訳

レストハウス、あるいは女は皆そうしたもの/エルフリーデ・イェリネク/谷川道子訳

ヘルデンプラッツ/トーマス・ベルンハルト/池田信雄訳

論創社

Marius von Mayenburg Feuergesicht ¶ Rainer Werner Fassbinder Bremer Freiheit ¶ Peter Turrini Rozznjogd/Rattenjagd

¶ Falk Richter Electronic City ¶ Tankred Dorst Ich, Feuerbach ¶ Thomas Brasch Frauen. Krieg. Lustspiel ¶ Igor Bauer-

sima norway.today ¶ Fritz Kater zeit zu lieben zeit zu sterben ¶ Elfriede Jelinek Macht nichts ¶ Peter Handke Die Stunde

da wir nichts voneinander wußten ¶ Einar Schleef Nietzsche Trilogie ¶ Kathrin Röggla wir schlafen nicht ¶ Rainald Goetz

Jeff Koons ¶ Botho Strauß Der Park ¶ Thomas Bernhard Der Theatermacher ¶ René Pollesch Stadt als Beute ¶ Matthias

ドイツ現代戯曲選 24
Neue Bühne

Zschokke Die Alphabeten ¶ Franz Xaver Kroetz Der Drang ¶ John von Düffel Balkonszenen ¶ Heiner Müller Der Auftrag

¶ Herbert Achternbusch Der Stiefel und sein Socken ¶ Volker Braun Iphigenie in Freiheit ¶ Roland Schimmelpfennig

Vorher/Nachher ¶ Botho Strauß Schlußchor ¶ Werner Schwab Der reizende Reigen nach dem Reigen des reizenden

Herrn Arthur Schnitzler ¶ George Tabori Die Goldberg-Variationen ¶ Dea Loher Tätowierung ¶ Thomas Bernhard Hel-

denplatz ¶ Elfriede Jelinek Raststätte oder Sie machens alle ¶ Rainer Werner Fassbinder Der Müll, die Stadt und der Tod